D1731208

Manfred Eichhorn
Die Schwäbische Passion

Manfred Eichhorn

Die Schwäbische Passion

Mit Zeichnungen von Uli Gleis

Silberburg-Verlag

1 2 3 4 5   03 02 01 00 99

© Copyright 1999 by
Silberburg-Verlag Titus Häussermann GmbH, Tübingen.
Alle Rechte vorbehalten.

Die Vervielfältigung dieses Textes,
der öffentliche Vortrag oder die öffentliche Aufführung
sind nur mit Genehmigung des Silberburg-Verlags
(Schönbuchstraße 48, D-72074 Tübingen) gestattet.

Druck: Ernst Uhl, Radolfzell.
Printed in Germany.

ISBN 3-87407-299-1

Die Römer im Ländle

's war em Frühling vor knapp zwoitausend Johr;
d'Palmkätzla warad scho gschnidda,
en dr Stadt hot regiert a römisches Korps,
ond en manchem Haus hot ma g'stritta,

ob der do kommt em Nama des Herrn
ao dr richtig Messias wär.
Ma glaubt ja de Propheta gern,
ond verzählat se oim ao a Mär,

ma hofft doch jedesmol auf's nei,
daß Not ond Armut weichat
ond jemand hädd de recht Arznei,
daß sich dia Römer bald schleichat.

Lang gnuag hend se em Ländle g'haust,
hend plogat d'Leit ond gschonda;
d'Weiber hot's am meista graust,
doch hend se koin Ausweg gfonda

aus dera Knechtschaft, diesem Joch,
wo ma a jeden rupft;
ma soll sich net wehra, hoißt's, oder doch,
s'wär gspronga so wia g'hupft,

hend oinige gmoint, andre hend gschrie:
»Jagad dia Römer zum Deifel«
ond häddad am liebschta auf se gspia.
Doch han i meine Zweifel,

ob des a Ausweg gwesa wär,
denn fast möcht i vermuata,
besser fährsch beim Legionär,
sagt ma's eahm em Guada.

Grobheit ghört net zu unsre Sitta,
sowenig wia s'Leba en Saus und Braus.
Doch weil mr scho gnua onder eich hend glitta,
saga mr's gradraus:

Packat eire Götter ond Legiona!
Ao wenn's eich bei ons gfällt:
en onserm Ländle derf oiner bloß wohna,
wenn er sich an d'Hausordnung hält!

Doch ihr, ihr wellad bloß regiera,
von Rom aus, ja, so sagt ma's oim.
Was des hoißt, derfa mr spüra,
ihr dent, als wärad'r drhoim.

Ihr nemmat eich alles ond brengat bloß Not
ond hausat wie d'Made em Speck;
ihr lassat ons nix, grad d'Kante vom Brot
ond d'Kehrwoch von euerm Dreck.

———

Vom Schaffa werrad mir net kloi,
bloß z'Buckla macht ons kromm.
Ond klopfa mr ao Stoi om Stoi,
ond liegat ihr faul beim Essa rom,

es ballt sich d'Faust em Hosasack
ond d'Auga tränat vor Wuat,
trotzdem buckla mr vor dem Pack
ond ziagat vor de Römer da Huat.

Denn duasch s'Maul a bißle auf,
kommsch hender Schloß ond Riegel,
oder se hauat aufs selbige drauf
ond verbebbats mit ma römischa Siegel.

Oder se roichat de weiter
an da Herodes Antipas.
Do wirsch om die Erfahrung gscheiter,
de oiga Regierung, dia duat fir de was.

Doch leider guckt dr Herodes grad zua
seiner Salome beim Danza;
vom Kragaknöpfle ronderzua
spannt sich bei eahm da Ranza.

So hockt er do mit broide Fiaß:
»Was henner denn fir Sorga?« –
glotzt drbei aufs jonge Gmüas:
»Hot des net Zeit bis morga?

———

Wenn net, dann guckad zum Kaiphas nauf!«
schreit er no ond gafft.
Doch d'Hohepriester, dia bassat bloß auf,
daß sonntags koiner schafft,

daß jeder opfrat, koiner fluacht
ond niemand schließt a Wett
ond koiner a Vergnüga sucht
en ma fremda Bett.

Wenn's oimol überlauft, des Faß,
dann isch's ghopft wia gspronga.
Auf Staat und Kirch, do isch Verlaß,
des Lied wird überall gsonga,

von jeder Kanzel, nah und fern
dröhnt's. Ons macht's stomm.
Große Köpf, dia danzad gern
mitnander auf de kloine rom.

So hot ma domols gschwätzt ond gschempft,
hälenga, d'Fauscht fest em Sack.
's hot oinige geba, dia häddad gern kämpft,
doch de meiste hend Angst gspürt em G'nack.

So hot ma g'hofft auf sellige Schrift,
wo se akündigt wird, die Befreiung,
daß oiner käm, auf den se trifft,
die verheißene Prophezeiung.

———————

D'Römer send em Ländle

Melodie: Friedrich Silcher

1. {
D'Rö-mer send em Länd-le – ons zum Graus.
's pfeift a an-ders Wend-le – kei mr's naus.
}

Plo-gat ons ond gent koi Ruah, mir hend von der Be-

sat-zung gnua. Wel-lat ons-re Herrscher sei, i

glaub mir fällt was ei.

D' Römer send em Ländle – ons zum Graus.
's pfeift a anders Wendle – kei mr s' naus!
Pack mr se mit Mut ond List!
Drom wird a Brotzeit aufgetischt,
onsern Seewei schenk mr ei –
i mecht koi Römer sei!

D' Römer send em Ländle – ons zum Graus.
's pfeift a anders Wendle – kei mr s' naus!
D' Römer laufat auf und ab,
der Wei, der brengt se schnell en Trab,
sprengat scho zum Stadttor naus.
Schließ zua, die sperr mr aus!

Die Bergpredigt

Von Nazareth käm er, hot's g'hoißa,
von dem ma jetzt so viel hört.
Durchs ganze Ländle dät er roisa,
ond sei Predigt hätt manchen empört:

Selig send die Friedensstifter,
de Arme, ond die, die barmherzig send.
Leit, mit sodde Sätz, do trifft'r
auf so manchen stura Grend.

Der, der mir mein Mantel nemmt,
dem soll e da Rock drzua geba.
Ond ganz o'schuldig, wie a Kend,
muasch werra, willsch 's ewige Leba

em Hemmel, ond sitza zur Rechta
vom Gottvater ond seim Sohn;
denn trennt wird s'Guade heit vom Schlechta,
ond jeder erhält da gerechta Lohn.

Denn selig send dia, die Verfolgung leidat
om dr Gerechtigkeit willa.
Die hungrig send, doch neamad nix neidat,
dene wird er da Honger stilla.

Doch s'Beschte kommt erscht, bassat auf:
Du sollsch deine Feinde lieba!
'z Römergschmoiß, was sagsch do drauf,
ond Reigschmeckte von drieba!

Da Feind also lieba, ond sitzt er em Nacka,
do hosch fei zum Kaua dra:
Kriegsch oina auf da rechte Backa
halt am da andra no na!

Auge om Auge, Zahn om Zahn,
so war doch bisher s'Edikt.
Er aber sagt ons: Wohlgetan
sei jedem, der verzeiht ond vergibt.

Ond beim Almosageba, sollad'r wissa,
do wär's für jeden guad,
wenn de lenk Hand dät net wissa,
was de recht grad duat.

So predigt er em Ländle rom,
ond viele hörat eahm zua;
d'Hohepriester nemmat's eahm kromm,
die hend jetzt koi Stond mehr a Ruah.

Die kriegat ihr Fett ab bei jedem Wort,
so nemmt er d'Wohrat beim Schopf.
Doch d'Wohrat kennt koin sichra Hort
ond kostet de manchmal da Kopf.

Schafft eich net Schätze auf Erda,
wo Motte ond Rost dra nagad,
nix henner drvo wia Beschwerda,
über die ihr dann tagsüber klagad

ond nachts schlecht drvo träumad,
so sagt er's, sei Wort hot a G'wicht:
Am End, do henner was versäumad
ond verschenkt eier inneres Licht,

des en eich hot gschiena
ond g'leuchtet hot aus de Auga;
zwoi Herra gleichzeitig diena,
des ka am End nix dauga.

Dr Mammon ond dr liebe Gott,
des isch koi Liaison;
es isch a abkartels Komplott,
ond dr Brave, der hot nix drvo.

's läßt sich ao net zammaschwoißa,
denn d'Hauptsach, 's Herz isch voll.
Des soll aber ganz gwieß net hoißa,
daß ma net spara soll.

Doch sorgat eich net om's leibliche Wohl
ond ob'r was Gscheits zum A'zieh hend.
De scheenste Nüß send enna oft hohl
ond de besct Verdauung a Wend.

Ond s'schönste Gsälz hot mol an Schemmel,
ond dr Wert vom Geld verfällt;
drom guckad nauf zu de Vögel am Hemmel
ond wie's dr Herrgott mit ihne hält:

Sie säen nicht und ernten nicht,
doch dr himmlische Vater ernähret sie.
Ond sieht er des scho als sei Pflicht,
viel mehr als jedes Federvieh

liegt ihm dr Mensch doch am Herza.
Drom sorgat eich net om da morgiga Tag,
denn alles läßt sich verschmerza.
Wenn selbst dr Salomo net vermag

in seiner königlicha Pracht,
net scheener zum sei als Vogelg'fieder.
Gebat zua, dann wär's doch g'lacht,
ma macht sich Gedanka no drieber.

Wer sein Haus auf an Felsa baut,
der muß da Rega net scheua.
Wer's auf Sand setzt, hot's versaut
ond wird's bald bereua.

Denn weit isch s'Tor ond broit dr Weg,
der ens Verderba führt.
Ond eng des Tor ond bloß a Steg
der Weg, der s'Herz berührt.

Wer bittet midda end dr Nacht,
dem sei Gebet wird erhört.
Ond wer aklopft, dem wird aufgmacht,
weil sich des so khert.

Bittsch om a Brot,
kriegsch gwieß koin Stoi.
Ond en dr Not
bleibsch net alloi.

Gern hemmer solche Sätz hoimtraga,
mit sowas, do kasch bei ons landa;
de Hohepriester d'Moinung saga,
dia Gleichnis demmer verstanda.

Drfür warad d'Pharsäer arg verstört.
Der Messias liegt dene em Maga.
Isch oiner erscht mol schriftgelehrt,
läßt er sich nix mehr saga.

Ond schlechta Nochred goht leicht über d'Lipp,
ond gnuag Mostköpf schreiats noch:
»Falscher Prophet«, ma kennt ja die Sipp,
ond fertig isch de scheenst Schmoch.

Doch selber send se falsche Propheta
ond ihr Baum gibt ons recht,
se machat viel Wend auf ihre Trompeta,
doch ihre Frücht, die send schlecht.

———

Ond an dene soll ma erkenna,
ob a Lehre ebbes daugt.
Will oiner bloß fir sich was gwenna,
indem er brave Leit aussaugt,

oder goht's wirklich oms Menschaheil,
wie's mancher hot scho verkündet.
Doch domols, moin i allaweil,
hot Gott sich mit ons verbündet

ond hot sein Sohn auf d'Erde gschickt.
Doch auf Rat der himmlischen Mächte
hot er gschwend no durchs Fernrohr blickt:
»Oh Jonger, do kommsch zu de rechte!«

Dr Petrus vom See

Melodie: Friedrich Silcher

1. Dr Pe - trus sitzt dron - ta am See, er flickt sei - ne Netz, die sind he. Kommt dr Je - sus, duat'm sa - ga: »Pe - trus, folg mr, musch's wa - ga.« »Oh Herr, was er - war - tesch von mir? Doch wenn du's willsch, dann folg i dir.«

18

»I ben bloß a oifacher Ma,
der fischa, doch sonst net viel ka.
Ka net schreiba, ka net lesa,
ben a Fischer emmr gwesa,
der net zu de Schlaueste zählt.
Warom hosch grad mi auserwählt?«

»Dei Herz, des isch offa ond frei.
Komm, folg mr, ond sei mit drbei!
Sei an Felsa, auf den bau i,
sei a Jünger, dem vertrau i!
Doch weil de die Frog wirklich quält,
drom han i grad di auserwählt.«

Die Apostel

G'folgt send am viele, von überall her,
bald hot ma Honderte zählt;
aus de Dörfer ond von de Städt am Meer
hot er Zwölf auserwählt:

Johannes, Thomas ond Matthäus,
dr Petrus en Fischerschuah,
dr Jakobus vom Zebedäus
ond sieba andre Apostel drzu.

Zu dene hot er feierlich gsprocha:
»Kommat her, ihr zwölf;
bei mir, do wird sich net verkrocha,
i schick eich wie d'Schaf onder d'Wölf.

Drom seid arglos wie d'Tauba,
doch klug wie d'Schlanga.
Fest em Glauba,
so laß i eich ganga,

denn Menschafischer mach i aus eich.
Drom verkündet überall:
Genaht hot sich das Himmelreich
seit domols, ihr wissat's, em Stall.«

Dann hot er gsagt: »I schick eich naus,
emmer zwei ond zwei,
gangad ab heit von Haus zu Haus
rom em ganza Gäu.

Doch gangat zu de verlorene Schof
ond net zu de Samariter!
I weck eich auf aus eierm Schlof,
doch mancher Auftrag wird bitter.

Denn ihr seid das Salz der Erde
ond das Licht der Welt,
ond wie a Schofhirt zu dr Herde
han i eich zu de Menscha gstellt.

Verschafft eich net Gold noch Kupfer
ond net Silber für d'Gürtel ond Tascha.«
Secht dr Johannes, der jonge Hupfer:
»Ond vom Bier net mehr wie zwoi Flascha.«

Do haut'n dr Petrus nei en d'Ripp:
»Schwätzt so a Apostel raus?«
Dr Jesus lächelt, er kennt sei Sipp
ond kennt sich mit ihr aus.

»Wie oim dr Schnabel gwachsa isch,
so soll man ao verwenda,
ma ißt, was draufkommt auf da Tisch,
ond Hauptsach, ma duat nix verschwenda.

Denn omsonscht henner's empfanga,
ond omsonscht solladr's geba,
für nix was verlanga,
bloß Gottes Sega.

Doch verweigert ma eich irgendwo d'Griaß
ond jagd eich drvo wie an Hond,
so schüttelt da Staub von eire Fiaß
no en drselba Stond.

Denn stellat net ondr da Scheffel s'Licht,
sondern lassat's leichta.
Ond wenn oiner sei Gelöbnis mol bricht,
dann muß er's nochher halt beichta.

Sichere Höhla hend d'Füchs,
ond Vögel fliegat d'Nester a,
dr Menschasohn aber hot nix,
worauf er sei Haupt lega ka.«

»Mir folgat dir bis en da Dod«,
secht dr Petrus. »Dann kommat her!
Jetzt steig mr erst amol ens Boot
ond fahrat naus aufs Meer.«

Doch wie se em Meer draußa send,
do send donkle Wolka aufzoga.
Zu ma Sturm hot'rs brocht, dr lausige Wend,
z'Boot danzt auf Wella ond Woga.

»Meister, helf ons, ens Verderba
führt ons des grauslige Wetter!
Meister, hilf, sonst müssa mr sterba,
wach auf ond sei onser Retter!«

Dr Messias erwacht, denn er hot's gspürt:
»Euer Glauba isch net grad groß!
Kaum, daß sich a Naturgewalt rührt,
machat ihr eich en d'Hos.«

Dr Messias hebt d'Hand, dr Sturm läßt noch.
Plötzlich steigt er raus aus am Boot.
Do verschlägts de Jünger d'Sproch.
»Jesus, breng ons net en Not!«

Doch leicht isch er übers Wasser glaufa
ond sagt: »Komm, Petrus, zu mir her!«
Dr Petrus traut sich kaum zum schnaufa:
»Für 's Wasser ben i doch z'schwer!«

Doch dann wandelt dr Petrus zu ihm hin
ond goht doch plötzlich onder.
»Hilfe«, schreit'r, do sagt er zu ihm:
»Ohne Glauba gibt's koine Wonder.«

Se ziehgat'n raus ond seglat drvo
dr Messias sagt: »Des isch gscheit,
denn am Ufer wartet scho
an de fönftausend Leit.«

Ond dene predigt'r, viele Stond,
d'Sonn goht scho langsam onder,
vom Hemmelreich, vom Fasta, ond
d'Leit hörat zua, putzmonder.

Daß so a Predigt hongrig macht,
woiß jeder aus Erfahrung.
Drom stupft ma da Johannes sacht:
»Jetzt laß dei Offenbarung,

mir hend an andra Kommer
ond hend ganz andre Sorga.
Fönftausend Leit hend Honger,
für dia müßt ma was borga.«

Ao dr Messias hot's vernomma:
»Mir doilat des Brot, des mr hend;
em Eimer send außerdem Fischla gschwomma,
die brengat'r ao no gschwend.«

Sieba Brot ond fönf kloine Fisch
brengt dr Petrus drher.
»Des roicht grad mol für ons zur Not«,
moint dr Thomas, »doch bräuchta mr mehr,

wenn die Fönftausend satt werra wellat.
Komm, schick mr die Leit hoim,
bevor se sich en d'r Roih astellat,
denn gholfa isch domit koim.«

»D'Leit sollad hocka, i segna des Essa,
ond ihr verdoilat's drnoch«,
sagt do dr Messias onderdessa,
do verschlägt's ne scho wieder d'Sproch.

»Wie könnat a baar Fisch denn roicha?
Ond Brot hend mr grad sieba.«
Doch d'Apostel lent sich erwoicha
ond tragad s'Essa nach drieba,

wo d'Leit scho hongrig verharrad.
»Verdoila mr halt des Brot ond den Fisch«,
sagt dr Thomas, a wenga narrad,
weil dr Thomas halt o'gläubig isch.

Se dent's, ond jeder wird satt,
do muß selbst dr Judas stauna,
ond selbst dr Jakobus, der isch platt,
ond will zum Petrus rauna:

»Es warad wirklich bloß fönf Fisch«,
während am s'Wasser en d'Auga treibt,
»doch's eigentliche Wonder isch,
wenn no was übrig bleibt.«

Doch dann vertlauft die Menschamass',
d'Männer, d'Fraua, d'Kegel,
dr Thomas füllt schnell s'Wasserfaß,
ond dr Petrus setzt z'große Segel.

Des nächste Ziel hoißt Nazareth
do kennad'n Leit no als Bua;
dr kloi Jesus em Kenderbett,
des ka nix werra, gang zua.

Doch weil er's amol net lassa ka,
lehrt er en dr Synagog.
»Bisch net dr Soh vom Zemmerma?«
stellt oiner zmol die Frog.

»Woher hot der Weisheit ond Wonder?
Was bildet der sich denn ei?
Mein Menschaverstand, mei gsonder,
sagt mr, der ka net von Nazareth sei!«

»Doch, i ben's, es isch halt mol so,
doch schnell treibt's me wieder naus,
denn dr Prophet gilt nirgendwo
weniger als em oigana Haus.«

Heut isch's soweit

Melodie: Friedrich Silcher

1. Heu - te, do isch's so- weit, 's wis- sat scho

al - le Leit, heit kommt er her.

Kommt auf ma E - sel da-her, es trägt dr

E -sel net schwer. Glei ischs so - weit,

seid ihr be - reit?

D' Palmkätzla weiht er eich,
d' Sünda verzeiht er eich,
kommat no her!
Er vertreibt Krankheit ond Not!
ond er besiegt gar den Tod
Henner's heit schwer,
dann kommat her.

Stellat eich henda na,
's kommt doch a jeder dra,
der's ehrlich moint;
wenn er om d' Ecka rombiegt,
a jeder sein Sega kriegt.
Stellat eich auf,
glei kommt er rauf.

Palmsonntag

Es war am Palmsonntag en dr Früah,
de meiste Leit hend no gschlofa,
d'Woch ieber roicht dr Schlof ja nia,
so schnarcht ma heit no a baar Stropha.

Doch kaum hot d'Sonn a wenga brennt,
hot sich's em Städtle g'rührt,
bald hot jeder g'hetzt, isch g'rennt
ond ma hot deitlich g'spürt,

daß des a bsonderer Sonntag isch,
ond der wird christlich g'nutzt:
Palmbretzla send scho auf'm Tisch,
ond Küch ond Stub send butzt.

Dr Kaffee duftet jetzt durchs Haus,
ond ma deckt's guade Service.
Er holt aus am Briefkasta d'Zeidong raus
ond secht zu ihr: »Do lies!

Em Blättle stoht, heit käm' er her,
dr neie Wundertäter.
Des zum Glauba fällt mr schwer.«
Doch hört ma scho d'Trompeter

---

laut vom Stadttor ronderblosa.
»Ob des dem Messias gilt?
Se kommat ond guckat ond sprengat auf d'Stroßa,
ond oiner trägt a Schild,

auf dem stoht ›Hosianna‹ drauf
und ›Gepriesen sei dem Herrn‹!
Ja, mach da Geldbeitel no auf ...
sodde hend mr gern.«

»Noi, er wär für de Arme do,
so behauptet's d'Leit.
Ond se sagat, 's wär sogar so,
daß er de Reiche scheut.

Er heilt Kranke, weckt Tote auf
ond Aussätzige macht er sauber;
ma vrzählt's landab, landauf,
ond ohne faulen Zauber

hot er Blinde sehend g'macht
ond Dämona vertrieba,
Schwermütige hend wieder g'lacht,
send gsond ond lustig blieba.

Lahme hend auf'n vertraut,
hend d'Krücke en d'Eck neigstellt,
ond henderher, do send se gsaut
gradaus naus en d'Welt.

Ond a Stommer hot plötzlich gschwätzt,
als hädd'n a Rädle a'trieba.
Henderher hädd ma's eher gschätzt,
s'Maul wär'am standa blieba.

Jetzt wenkat d'Leit zu de Fenster raus,
ond Mädla streiat Bluma.
Guck, drieba fliegat Tauba naus
ond suchat dronda nach Kruma.

Do dürfet mir doch net fehla,
jetzt zieh dr was Gscheit's a!«
»Woher nemma ond net stehla«,
bruddlt'r, »jeder so, wie er ka.«

»Hörsch, wie se ›Hosianna‹ schreiat?
Ond wie dui mit ma Palmwedel fächelt;
wie d'Kender mit Konfetti keiat,
ond jetzt guck, grad hot er g'lächelt –

zu ons rauf, ond i glaub, er hot g'wonka.
Komm näher, daß ao ebbes erfährsch.
Henderher hädd's dr dann g'stonka
wenn da net herkomma wärsch.«

»Der soll dr Messias sei?
Also, i woiß net recht.
Guck – sein Mantel, net grad nei
ond's Schuhwerk, meh wie schlecht.«

»Er hot was von ma König, sag i dir
wie der auf dem Esel sitzt!«
»A König sitzt net, des glaubsch mir,
auf ma Esel ond schwitzt.

Vielleicht isch'r ja guader Hirt,
doch der ghert zu de Schof,
doch i sag dir, der Kerle wird
koin brenga om da Schlof.«

»Er isch net bloß a guader Hirt,
er macht aus Wasser Wei!«
»Des macht bei ons dr Kronawirt,
des muß koi Wonder sei.

Ond isch'r heit ao en dr Stadt,
i glaub's net om's verrecka,
fönftausend Menscha werrad net satt
von a baar altbachene Wecka.

Do isch onser Beck halt bescheida,
der macht aus oim Wecka drei,
ond – ohne ihm d'Ehr abzumschneida –
i seh koi Wonder drbei!«

»Jetzt Ma, jetzt stand halt auf vom Tisch!
Grad kommt'r durchs Stadttor rei.
Denn wer als letzter bei ihm isch,
der muß dr Palmesel sei.«

Palmesel-Lied

Melodie: Friedrich Silcher

's isch scho hal - ba   nei - na — stan - dat auf!
1. D'Son-ne duat scho schei - na — o - ba - drauf.

Palmbretzla, die send ganz frisch, se war - tad dron- ta

auf am Tisch. Palm-bretz-la, die send ganz frisch, se,

war-tad auf am Tisch.

's isch scho halba neina – standat auf!
D' Sonne duat scho scheina – obadrauf.
Wer net kommt zur rechta Zeit,
muß nemma des, was übrigt bleibt,
wer net kommt zur rechta Zeit,
muß nemma des, was bleibt .

's isch scho halba neina – standad auf!
d' Sonne duat scho scheina – obadrauf.
Wer zletscht kommt zur Stuba rei,
der muß halt dr Palmesel sei,
wer zletscht kommt zur Stuba rei,
muß dr Palmesel sei .

Grad zendat se d'Kerza a am Altar,
denn es hot elfe g'litta,
do kommt'r mir seiner Jüngerschar
auf ma Esel a'gritta.

D'Apostel gangad lenks ond rechts,
se guckat nonder ond nauf,
ma denkt ja von de Leit nix Schlecht's,
doch besser isch's, ma baßt auf.

Se broitat d'Mäntel auf da Weg,
bevor er drieber reitat,
d' Propheta hend des Privileg,
ao wenn ma ieber se streitat.

A jeder holt seine Palmkätzla vor,
ma wenkt, ond se streiat's auf d'Stroßa,
dr hiesige Posaunachor
duat zum Willkomma blosa.

Doch die, die jetzt do Bloma streiat,
so kommt's ons heit en Sinn,
die am lauteste »Hosianna« schreiat,
die werrad schreia: »Kreuziget ihn!«

Vom Römer-Platz bis zur Allee,
nix als Huldigung.
Bis zum Tempel em Karree
isch's bloß a Katzasprung.

———————

Koi Pharisäer stoht do Spalier,
bloß hälenga dent se gucka,
doch ihre Blick, die fressat'n schier,
ond se lent sich en Wenkel drucka,

om aus sicherer Distanz
dem Treiba beizumwohna;
bleibat do, s'fängt a dr Tanz,
er wird sich für eich lohna.

Als dr Jesus da Tempel betritt
isch'r erstmol entsetzt,
denn der isch auf Schritt ond Tritt
mit fliegende Händler besetzt.

Se verkaufat Salz ond Gwürz,
Kochtöpf, Kandiszucker,
Anisbrot ond Lendaschürz
ond an Sternagucker,

Autogramm' vom Gladiator,
Liebesgötter, falscher Schmuck
ond da großa Imperator
von Rom als Billig-Druck.

's wird g'handelt ond tauscht,
's wird g'schachert ond g'woga. –
Daß es bloß a so rauscht
schmeißt em hoha Boga

---

dr Messias die Händler aus am Tempel:
»Des isch a Bethaus, koi Bazar,
drom packat eiern ganza Grempel,
eier Gruscht, eier Zuigs, eier War!«

So fegt er se naus voller Wuat,
wie O'ziefer, unverdrossa.
Do hend d'Pharisäer, g'reizt bis aufs Bluat,
seinen Tod beschlossa.

Predigt em Tempel

Melodie: Friedrich Silcher

1. Wer will der Grö- schte sei, der soll dr

Kloin - ste sei, so pre-digt er.

Knecht sei wer herr - scha will, die - na soll

ond des still, wer herr-scha will,

die - na soll still.

Onder ma schlechta Dach
muß jeder leida, ach.
Drom deck mr's nei!
Neuer Wei en alde Schläuch
ka nix sei, des sag i eich.
Schenk an glei ei,
den neia Wei!

Sag zum Berg: Heb de weg!
Scho isch er weg vom Fleck,
stürzt sich ens Meer.
Glauba versetzt jeden Berg,
denn es isch Gottes Werk.
Drom wär's doch gscheit,
glaubat ihr Leit.

Abendmahl

Beim Kronawirt em kloina Saal,
do trifft ma sich om halb achte.
»Es wär s'letschte Abendmahl,
hot dr Meister gsagt, also mach de,

Judas, ond trial net rom,
de andre Apostel send narrad,
wenn i erst om achte komm«,
secht dr Petrus, ond karrad

scho mol zum Kronawirt nieber.
Dr Judas schlappt hendadrei,
fast scheint's, es wär am lieber,
beim letzta Abendmahl wär er net drbei.

Scho sitzat se alle am großa Tisch
ond essat o'gsäuertes Brot,
bittere Kräuter, wie's Usus isch,
ond wies's vorschreibt z'Gebot.

Dr Meister sitzt en ihrer Mitte
ond segnat Speis ond Trank;
spricht erstmol a Gebet als Bitte
ond nochher ois zum Dank.

Dann führt er den Kelch an d'Lippa
ond secht: »Des isch mei Bluat.«
Vorsichtig dent d'Apostel nippa.
Dr Messias sagt: »So isch's guad.

Drenkat, essat –
des isch mein Leib,
damit ihr net vergessat:
bloß kurz no isch hier mei Verbleib.«

Dann hot'r seine Jünger zu sich gwonka:
»Net alle von eich send recht grota.
Wer mit mir s'Brot en da Wei duat donka,
der wird me heit no verroda.«

Kaum gsagt, guckt er da Judas a
wie er's Brot donkt en da Wei:
»Judas, wenn dr an Rat geba ka,
was du heut vorhasch, dua's glei.«

»I han nix vor«, sagt dr Judas drauf,
ond isch jesasmäßig verschrogga;
er stoht verstört vom Abendmahl auf
ond macht sich glei auf d'Sogga

ond sprengt nieber zum Priesterhaus.
Do frogt'r glei an dr Tür:
»I liefer euch da Jesus aus,
was zahlad'r drfür?«

———

Dr Kaiphas guckt an prüfend a
ond secht: »Es isch dei Glück,
wenn man am Ölberg fassa ka,
kriegsch dreißig Silberstück.«

»Guad, dann holl scho dei Armee«,
sagt r ond faßt den Entschluß:
am Ölberg, em Garta Getsemane
kriegt dr Meister da Judaskuß.

's Abendläuta isch scho verklonga,
doch em Kronasaal onderdessa
hot ma a baar Lieder gsonga,
ond d'Kräuter ond s'Brot vollends gessa.

»Jeder von eich wird Anstoß nemma
heut nacht ond sich wenda von mir.
Ao du, Petrus, willsch me nemme kenna«,
secht er, ond öffnat scho d'Tür:

»Lassat ons ganga, 's wird spät.
Ond du, Petrus, gib Acht,
no ehe dr Gockeler dreimol kräht,
wirsch du mi verleugna heut nacht.«

»I di verleugna? Gwieß net, Meister,
lieber sterb i, i schwör 's!
Bei alle deine heilige Geister,
mei Herz schlägt fir di bloß, hör 's!«

Ond ao de andre han alle gschwora:
»Meister, mir haltad zu dir!
Für ons bisch du als Mensch gebora,
ond do send mr dankbar drfür.«

So gangat se naus en d'stockfinstra Nacht,
wandrat durch d'Stadt, nauf en d'Höh.
»Jünger, haltad mit mir heit Wacht,
am Ölberg, em Garta Getsemane.«

Im Garten Getsemane

Melodie: Friedrich Silcher

1. Stock - fin - ster ist heu - te die
Nacht, koi Stern-le am Him-mel hält Wacht. Oh
Mei- ster, mir send bei dr, mir schlo - fat net
wei - t'r. Dr Geist will, dr Leib bloß isch
schwach, drom blei - bat die Stond mit mir wach.

O Vater, den Kelch nemm von mir!
Doch drenk i draus, versprech i dir,
dein Wille, der geschehe,
ob wohl oder wehe.
Dr Geist will, dr Leib bloß isch schwach,
drom haltad die Stond mit mir wach.

Doch plötzlich, do hörats a Gschroi.
Jetzt laß mr de nemme alloi.
Ma wird nach mir froga,
me schenda ond ploga,
doch dr Petrus, der kommt 'ne zuvor,
haut ab ama Häscher sei Ohr.

Dr Jesus, der bebbts wieder na,
denn wer zu ma Schwert greift, merk a,
der wird durchs Schwert sterba,
wird durchs Schwert verderba.
Mei Herz, des isch schwer wia a Stoi,
drom lassat me jetzt net alloi.

Karfreitag

's war sonderbar ruhig an jenem Tag,
dr Wend hot koi Blättle bewegt;
d'Luft hot sogar da Glockaschlag
a'ghalda ond an d'Kette glegt.

's war nie a Tag ruhiger, glaubat's mir.
Koi Hond hot bellt, koi Katz miaut,
ond jedes no so kloine Tier
hot sich kaum z'schnaufa traut.

Koi Pflänzle wär an dem Tag gwachsa,
koi Balka hädd sich boga,
koi Ochs hädd gscharrad mit de Haxa,
koi Vögele wär gfloga.

Alle G'schöpf sen en sich ganga
ond warad still; bloß d'Leit,
von dene kasch des net verlanga,
's war domols so wie heit.

Ma hot da Messias, beim Tagwerra glei
am Statthalter übergeba.
Ihm, am Pilatus, war's net nei,
daß er entscheida muß über Tod oder Leba.

Die Aufgab brengt selda an Gewinn,
ond am Pilatus isch's unwohl drbei.
Ging's alloi nach seinem Sinn
dät er saga: Der Gerechte isch frei.

Doch will er's ao mit koim verderba,
drom stützt er sich auf den Brauch:
Von zwei Verurteilte muß oiner bloß sterba,
ond so onderzeichnat er's auch.

Jesus oder Barrabas,
oiner von boide kommt frei.
Auf d'Pharisäer isch Verlaß,
die richtet's Volk scho drauf ei

ond schickat de lauteste Schreier vor
ond nennat's Gerechtigkeit.
Frei kommt der – spitz, Pilatus, dei Ohr –,
bei dem s'Volk am lauteste schreit.

So liefert's Urteil da Beweis,
denn laut tönt's: »Barrabas!«
D'Liebe isch wohl manchmol z'leis,
doch laut bloß isch dr Haß.

Dr Pilatus hot's vernomma:
»Ihr hend entschieda, was'r wend«.
Hot a Schüssel Wasser gnomma:
»En Unschuld wäsch i meine Händ.«

So sagt er's, kurz und knapp,
gebärdend wie a Philosoph.
D'Soldata hollat da Jesus ab
ond schleppat'n ieber da Hof.

Se brengat'n en s'Prätorium,
do reißat's ehm d'Kloider ra;
goißlat'n dann kreiz ond kromm,
daß er's kaum verschreia ka.

»Die baar Schläg send oifach z'wenig«,
grinst oiner voller Hohn.
»Braucht onser großer, neuer König
net a Königskron?«

»Komm, des machat mir dir gschwend,
ma zahlt ons ja schließlich n'Lohn.
Ond weil mr koi andra Arbeit grad hend,
flechta mir dir aus Dorna a Kron!«

»Ond an Mantel, purpurrot!«
»Ond als Zepter an Stecka!«
»Doch drbei wirsch, ganz devot,
onsern Speichel lecka«,

grinst oiner von dene Folterknecht
ond spuckt em voll ens Gsicht;
der ander druckt am s'Dornagflecht
ens Haupt, als wär's sei Pflicht

---

ond als wär's net grausam gnua,
wie der sich krümmt vor Schmerza.
D'Folterknecht, die guckat zua
ond freiat sich von Herza.

A jeder trägt sei oigens Kreuz
nauf nach Golgata.
Dr Messias trägt's bereits –
deo gloria.

Onser unverhoffter Retter
kommt, um uns zu erlösa.
Mir vernaglat z'Herz mit Bretter,
doch er befreit ons vom Bösa.

D'Leit standat jetzt am Stroßarand,
schempfat, schwätzad, dent streita,
send froh, daß's was zum Gucka hand.
De wenigste dent mit am leida.

Ond kaum oin hot's berührt,
daß'r onderm Kreiz zammabricht.
»Des Feuer hot er selber gschürt
ond dofür wird er g'richt!«

Als er s'Kreiz nemme traga ka,
hilft am dr Simon von Zyrene;
a Schwoißduach brengt d'Veronika,
a baar Weiber ond Magdalene

klagat, se send s'Klaga gwöhnt
ond laufat heulend nebaher.
Wie ma da Jesus quält, verhöhnt,
do dra tragad se schwer.

D'Männerwelt isch grausam domm,
a Frauaherz isch gscheiter.
Ging's auf dr Welt mol anderschd rom,
wer d'Menschheit a Stück weiter.

So aber führt z'herrschende Gschlecht
da Messias zur Hinrichtung,
verurteilt nach römischem Recht
ond zur Abschreckung.

Se naglat Fiaß ond Händ
ans Kreiz, ond richtats auf.
Ond oba naglat oiner gschwend
no a Spottschild drauf.

Do hängt'r jetzt, de andre zum Spott,
em Schmerz ond scho am verblassa,
schreit'r: »Gott, mein Gott,
warom hosch du mi verlassa?«

Ond wie a Römer mit Essig tränkt
an Schwamm ond hält 'n 'm vors Gsicht,
do hot'r dr Menschheit ebbes gschenkt,
wovon ma heit no spricht:

»Vater em Hemmel vergib
ihne doch jeda Send«,
kommt ihm flehend über d'Lipp,
»sie wissat ja net, was se dent!«

D'Wolka hend sich vor d'Sonne gschoba,
so war's scho om Mittag nacht.
No oimol hot er s'Haupt erhoba
ond gsagt: »Es isch vollbracht.«

Vor Schmerz hot de ganz Welt zittert,
nix war mehr em rechta Lot.
Dr Johannes sagt verbittert:
»Jetzt isch onser Meister dod.

Ond scho heut du e'n vermissa«,
so heulet er vor Schmerz.
Do hot's da Vorhang vom Tempel verrissa
ond manches trauernde Herz.

D'Maria, da tota Leib em Arm,
will nemme von am weicha.
Ond koi römischer Gendarm
derf se jetzt verscheicha.

Mit ihre Träna wäscht se'n ab.
Vor Schmerz send d'Auga wond.
D'Jünger tragad eahn ens Grab
no en drselba Stond.

En so ra Nacht

Melodie: Friedrich Silcher

1. Wer soll do no ruhig schlo-fa, en so ra Nacht?
A Lied-le oh-ne Stro-pha, wer hot's er-dacht.
Ond 's könnt ao koi-ner seng-a, weil z'groß dr Schmerz.

ka still, bloß still dir breng-a, mei bro-chens Herz.

I hör de ja no saga: »Es isch vollbracht!«
Was hilft do onser Klaga en dieser Nacht?
Doch wenn a Lichtle leichtet ond dringt zu dir,
noch han i still dir beichtat ond bet zu dir

Es gangat donkle Stonda amol vorbei.
Mir auf dr Erde onda bittad: Verzeih!
Es dringt durchs Morgagraua scho s'erste Licht.
Laß ons, laß ons doch schaua dei Angesicht !

Auferstehung

's war am Montag en dr Früh,
d'Sonn hot am Himmel glänzt;
ma war scho bei dr Arbeit Müh,
ond manche hend ao g'schwänzt,

wie's montags domols üblich war,
ao en de Römerkreis.
Deshalb kriegat heit a baar
Römer an Verweis:

Se häddad s'Grab net recht bewacht
hot's g'hoißa, jetzt wär's leer.
»I mecht wissa, wer sowas macht,
der Stoi war doch viel z'schwer.

Fönf starke Männer hädd ma braucht
ond mir zwoi hend nichts g'merkt!«
Dr Vorgesetzte schempft, daß's raucht
ond hot sich zerscht mol gstärkt

mit ma Schlückle Römerwei.
»Des glaubt eich doch koi Sau!«
»Dann frog da Gaius, der war drbei
ond dr Rictus ao.«

Doch wie's wirklich gwesa isch,
i vrzähl's glaub gscheiter.
Legat d'Osteroier auf da Tisch,
nochher such mr weiter.

D'Maria hot net schlofa kenna,
koi oinziga Stond en dr Nacht.
's war ihr wie ema Gfängnis drenna,
drom hot se sich bald fertig gmacht

ond isch zum Grab nauf gspronga
scho beim Morgagraua.
's hot no koi Vogel gsonga.
Sie will halt nach'm Rechta schaua.

Ao d'Magdalene isch am Werk
ond hot da gleicha Weg;
über da Kalvarienberg
führt zum Grab an Steg.

Sie will em scheena Wiesagrond
no a baar Blümla brocka
Krokus, Märzabecher ond
an Strauß Osterglocka.

Se treffat sich kurz vor am Tor
ond gangad mitnander weiter.
Am Grab, do stoht koi Stoi drvor,
ond jemand sagt: »'s wär gscheiter,

---

ihr suchat woanders den
der heut auferstanda isch.«
A Engel isch's, se hend an gsehn
so hell, daß d'blendet bisch.

Dann zoigt'r eahne s'leere Grab
und sagt: »Verkündat's jetzt!«
A Pilger mit ma Hirtastab
hot sich drneba gsetzt.

Doch wie er da Kopf zu ihne dreht,
do hend se's boide gwißt:
Es war dr Messias, dr Prophet,
dr auferstandene Christ.

»Grüß Gott«, sagt'r, »verschreckat net,
sondern erfüllt meinen Willa.
Hollat meine Jünger aus am Bett
ond sagat, d'Schrift dät sich erfülla.

Gemartert ond gstorba am Kreiz,
nemmt er auf sich alle Schanda,
doch am dritta Tag bereits
isch'r auferstanda.«

D'Maria fällt vor ihm auf d'Kniea,
ond d'Magdalene heilat vor Glück,
sagt: »Des glaubat die Jünger ons nia.«
Do send se scho glaufa a Stück.

Wie zwoi Fedra send se gschwebt,
so leicht war jeder Schritt.
Se hend ja ao s'gröschte Wonder erlebt!
Doch wie d'Magdalene vor d'Jünger tritt

ond sagt: »Ons isch dr Herr erschienen,
mir hend an boide erkannt«,
do antwortat dr Petrus ihnen:
»Weiber, ihr send überspannt!

Mir warad doch alle beim Sterba drbei,
was vrzählad'r denn für Gschichta!«
»Petrus, i will koi Zankerei,
doch er hot gsagt, mir sollat's berichta.

So glaubat's ons halt, bitte!«
»I glaub bloß, was i selber seh«,
sagt dr Thomas ond stellt sich en d'Mitte.
Do sieht er plötzlich en dr Höh

a Licht, des brennt'm en d'Auga.
Er erkennt da Jesus Christ
ond ka's doch selber net glauba.
Doch glei isch jeder Zwist

wie em Nu verfloga,
denn d'Apostel fallad auf d'Kniea.
D'Weiber hend halt doch net gloga
ond hend de Apostel verzieah.

58

Ond wie's dr Messias vermag
kommt'r ond sagt: »Wenns eich gfällt,
ben i bei eich alle Tag
bis ans End dr Welt.«

Er isch auferstanda

Melodie: Friedrich Silcher

1. {
'Er isch auf - er - stan - da — kom-mat her.
Dr Stoi isch ver - scho - ba — s'Grab isch leer.
}

Hot er's ons net pro - phe - zeit, drei Tag dr - noch wär

er be - reit, daß er wie - der auf - er -stoht, zu,

sei - ne Jün-ger goht.

Kennat's gar net glauba – send ganz stomm.
Thomas reibt sich d' Auga – guckat domm.
Thomas, ach was streita mr,
komm, d Osterglocka läuta mr,
Thomas, sei doch wieder froh,
denn er isch wieder do.

Trag mr's mit dr Sonne – naus en d'Welt.
Jauchzga mr vor Wonne – weil's ons gfällt.
daß er wieder bei ons isch
als Brot ond Wei auf onserm Tisch
ond daß er, sofern ma mag,
bei ons isch alle Tag.

Mehr von Manfred Eichhorn

Der Schwäbische Nikolaus
Eine Legende von der Alb – als Buch und als CD

Die Schwäbische Weihnacht
Eine Legende – ebenfalls als Buch und als CD erhältlich

Umsonschd isch dr Dod
Drei schwäbische Einakter

Schwäbische Weihnachtsgeister
Ein Mundartstück nach Charles Dickens'
berühmtester Weihnachtsgeschichte

Versprecha ond versprocha
Schwäbische Sketsche, Miniaturen und Einakter

In jeder Buchhandlung.

Silberburg-Verlag

Schwäbische Mundart im Buch und auf CD

Martha Arnold-Zinsler · Albin Beck · Luise Besserer
Sebastian Blau · D' Bronnweiler Weiber
Die Drei vom Dohlagäßle · Ludwig Dorner
Manfred Eichhorn · Teflon Fonfara
Hermann Freudenberger · Karl Glasstetter
Grachmusikoff · Häberle & Pfleiderer · Oscar Heiler
Margrit Höfle · Gottlob Hudelmaier · Babette Knöpfle
Manfred Mai · Ruth Mönch · Oscar Müller
Ulrike Münch · Andrea Noll · Rudolf Paul
Pferdle & Äffle · Helmut Pfisterer · Willy Reichert
Rundfunk Fritzle · Peter Schlack · Fritz Schray
Walter Schultheiß · Schwoißfuaß · Willy Seiler
Christoph Sonntag · Sven-Erik Sonntag
Die Straßenkehrer · Frank und Max Strecker
Thaddäus Troll · Tübinger Gôgenwitze
Winfried Wagner · Trudel Wulle
und viele andere.

In jeder Buchhandlung.

Silberburg-Verlag

Schönbuchstraße 48 · 72074 Tübingen